helena arruda

nasceu em Petrópolis, RJ, mas prefere habitar o mundo. Poeta e ensaísta, vem transitando por outros gêneros, como o conto e a crônica. Mestre e doutora em Letras Vernáculas pela Universidade Federal do Rio de Janeiro, é autora de cinco livros, entre os quais *Há uma flor no abismo* (Urutau, 2021), premiado pelo VII Prêmio de Talentos Helvéticos no Salão do Livro de Genebra, Suíça, em 2023. Possui trabalhos publicados em diversas antologias e revistas literárias. *Ave rara: uma arqueologia da palavra* é seu sexto livro.

AVE RARA:
UMA ARQUEOLOGIA DA PALAVRA

helena arruda

editora Urutau
primeira edição
2023

O —

editora Urutau

rua do cajú, 478,
jardim das cerejeiras
06724-015
cotia-sp (brasil)

rua manuel pacheco nobre, 128 - 5º esquerdo
2830-080
barreiro (setúbal)
portugal

[+351] 928053619 [portugal]
[+55] 11 9 4859 2 426 [brasil]

www.editoraurutau.com.br
contato@editoraurutau.com.br

[EDITORES]
tiago fabris rendelli & wladimir vaz
[COORDENAÇÃO DE REVISÃO]
debora ribeiro rendelli
[REVISÃO]
marcella sarubi
[DIAGRAMAÇÃO]
victor h. azevedo
[CAPA]
victor h. azevedo, sobre pintura de albrecht dürer

dados internacionais de catalogação na publicação (CIP) de acordo com ISBD

	Arruda, Helena
A779a	Ave rara: uma arqueologia da palavra / Helena Arruda. - Cotia : Urutau, 2023. 96 p. ; 14cm x 19,5cm.
	ISBN: 978-65-5900-558-1
	1. Literatura brasileira. 2. Poesia. I. Título.

2023-2482	CDD 869.1 CDU 821.134.3(81)-1

Elaborado por Vagner Rodolfo da Silva - CRB-8/9410

sumário

NA PELE DA PALAVRA: A AVE

[prefácio]
Nascer de novo

Este livro de Helena Arruda trata do começo, da gestação da palavra, do nascimento do poema, do arquipoema, do antes do começo. Mas se para Platão a poesia era fazer passar do não ser ao ser, em Helena, o nascimento do poema é aquilo que não chegou a ser. Antes de tudo, antes do começo, o poema é um aborto. Mostrar a potência de palavra que reside em tudo que não chegou a ser, em tudo que não vingou, é a tarefa de toda palavra, de todo poema, de todo começo. O poema escorre pelas pernas. É assim, líquido, como saliva, como secreção, que ele vai se encontrando com as camadas das peles e transbordando corpos que historicamente foram relegados ao estatuto de não ser.

Se o pensamento ocidental tradicionalmente se fundamenta em oposições dicotômicas e hierárquicas entre corpo e alma, som e discurso, em que aquele estaria anterior à linguagem, mais próximo de uma animalidade, e, esse, ao contrário, movido pela razão, este livro subverte isso ao trazer o nascimento da palavra pela pré-palavra, pelo som, pelo animal: o início das escavações na busca pela palavra é um chamado para adentrar uma caverna silenciosa em que se pode ouvir o pio de uma ave. Essa é a voz. O nascimento da palavra é o som do grito do parto daquelas cujas vidas foram e são interrompidas e interditadas ao estatuto de ser.

O nascimento da palavra é o som do grito do parto da puta, da preta, da pobre. O nascimento da palavra é uma gestação de risco. A palavra nasce para dar nome aos riscos: feminicídio.

Nomear a violência cometida contra as mulheres também é um exercício de desobedecer, de reescrever a história desde suas origens, de propiciar novos nascimentos. Aqui a lira também nasce de novo. O Hino Homérico a Hermes nos conta que a origem grega da lírica vem de uma brincadeira de Hermes, o deus recém-nascido, trapaceiro e ladrão, com o casco de um dos animais mais silenciosos, a tartaruga, a partir do qual ele vai criar, junto com a pele da vaca e a tripa da ovelha, a lira. O livro de Helena Arruda instaura um outro nascimento à lira: ela vem de uma mulher de dedos longos. Essa figura comparece no livro anterior da poeta, *Há uma flor no abismo* (2021), o que mostra que essa imagem não só é uma refundação da lira, mas também uma imagem fundacional desta poesia. O encontro com essa mulher é um encontro inaugural, um divisor de águas: retorna-se de lá "com a ave rara dentro da boca". A mulher de dedos longos que toca lira retorna também em outro poema deste livro. Ela veste um xale, "cozinha e faz chás e me sorri". É dessa mulher que nasce, mais que a lira, uma outra mulher, uma mulher que desde então dá às bocas a palavra que falta, a palavra que fica na ponta da língua.

Se no princípio era o verbo, aqui lemos que a primeira palavra foi o grito de uma mulher. Se Eva nasceu da costela de Adão, aqui essa Gênesis é a genealogia do cinema: Adão e Eva foi o primeiro filme pornô que existiu, antes de ser censurado. Além disso, o mito de Adão e Eva não foi a história do primeiro casal, mas do primeiro divórcio do mundo. De trás para frente, Eva é Ave, jogo de palavras que também comparece em *Há uma flor no abismo*, no poema cujo título é "ave-eva". No começo, esse poema parece se tratar de uma velha mulher, com rugas, mas à medida que caímos no abismo do poema, caímos nessa imagem em *mise en abyme*, que se assume como uma ave cujas rugas são os "vales cortados sobre a pele" que "indicam muitas direções/: mapas da cidade subterrânea". O poema nos faz errantes do destino, migrantes como "eva/ : ave migratória, poeta". É assim que esse abismo também retorna neste livro, *Ave rara*, não como o horror do mito em que as mulheres foram aprisionadas, mas como errância do destino, desvio, salto da gaivota, acrobacias do que não se fixa, não se aprisiona, não se apreende, vivendo em incessante movimento, trânsito, passagem.

A poesia de Helena é ponte entre culturas, tempos, topologias, geografias, epidermes, entre o corpo e o corpo da cidade, as profundezas do corpo e o subterrâneo da cidade, entre o nosso tempo e a Grécia Antiga, as deusas, o Olimpo, o deus (assim, minúsculo), cerzidos no fio das cicatrizes, emergidos em uma ancestralidade que atravessa os tempos e as gerações. Ler Eva em ave é um gesto de leitura que desobedece ao fio da história linear, ensinando-nos a ler subversivamente, fazendo-nos nascer a cada vez que uma ave quebra os ossos pré-históricos das costelas de Adão. É assim, também com humor, com o riso, que os versos de Helena desviam o curso do destino trágico e mudam o rumo da prosa da história.

Hélène Cixous, em *O riso da Medusa*, diz que "tomar a palavra" assume-se radicalmente como um ato que marca a "entrada estrondosa das mulheres na história". "Tomar a palavra" se articula com um roubo que é, ao mesmo tempo, um voo, haja vista que *voler* em francês pode ser tanto "voar" como "roubar". Ela diz: "*Voar* é o gesto da mulher, voar na língua, fazê-la voar. Do voo, nós todas aprendemos a arte feita de profusas técnicas, faz muitos séculos que nós não a temos a não ser *roubando*". O jogo que se faz na flutuação dos dois significados de *voler* é um gozo com a perturbação da ordem, dos lugares fixos, da propriedade. Helena Arruda toma a palavra, restitui as asas às mulheres, muda a ordem da história, faz voar o sentido pré-estabelecido, goza da verdade, morre de rir da verdade, faz do substantivo um verbo "[rio conjugado]", rouba o verbo do rio, transforma a natureza em linguagem, conjuga o verbo em primeira pessoa e faz da palavra uma pele, uma cicatriz, um queloide, que se constitui labirinto, fronteira, passagem — entre ruas, bairros, países, entre Ocidente e Oriente. As feridas suturadas dos corpos dão corpo às palavras, tecem pontos de encontro, alianças, elos, anelos. Escutar o que as aves sussurram nos ouvidos é vestir a pele das parcas que anunciam o agouro, mas é também trocar de pele, como a serpente que conversou com Eva, pronta para nascer de novo, sibilante, desfiando o fio do destino de Ariadne, tecendo novas passagens, rompendo cercas, alçando voos.

Danielle Magalhães

Para Joel São Tiago, por encantar minhas palavras nos palcos,
dançando com elas,
tecendo abraços.

habitar uma língua como se habita uma casa
um casaco velho
um porão escuro
habitar um nome como uma relíquia.

Prisca Agustoni

às vezes escrevo tão rápido
um poema
noutras
levo uma vida inteira escrevendo
o mesmo poema
sem cessar
sem cessar

até que a morte chega
e mata o poema
ainda no útero

aborto espontâneo
que escorre pelas pernas
e suja de sangue
o piso frio do banheiro

escavações

aqui se iniciam as escavações
: buscas ininterruptas pela ave rara
que mora no pensamento e na imaginação
a ave que se esconde dentro de mim e de ti e
que migra conforme cada estação
da vida

nessa arqueologia, em busca da ave-palavra
te convido a aguçar os sentidos, a deixar fluir
as incertezas, a remover as pedras que teimam
em impedir o voo rumo ao azul-infinito que recobre
a terra e reflete nos teus olhos
que iluminam a paisagem e colorem
o papel em branco que está diante de ti e de mim

nessa arqueologia, te convido a me dar as mãos
os olhos os ouvidos
e a entrar comigo na caverna, silenciosamente, até que ouçamos
o pio da ave; a voz, o chamado.

A ARQUEOLOGIA

I

as palavras pousam lentamente
                                        sobre os rochedos
onde as gaivotas descansam
e disputam com elas
                                        o único espaço
para não caírem no mar
                                              revolto
para não morrerem afogadas
                                        grudadas de sal

: fossilizadas

II

se desabarem,
as
p
a
l
a
v
r
a
s
ficarão para sempre
submersas
nas profundezas
presas
pelas criaturas
dormentes
do escuro

III

as palavras

                    salgadas do mar

ouvem o som das orcas

                              : piiiiiiiiiiiiiiiiii

                                          : piiiiiiiiiiiiiiiiii

                              : piiiiiiiiiiiiiiiiiii

                                  : piiiiiiiiiiiiiiiii

e dançam o balé
do acasalamento

mas
às vezes preferem a solidão e a quentura
das pedras
porque em liberdade
se banham nuas e podem enfim expor
suas ideias
seus pelos pubianos
seus seios
seus medos
sua dor

IV

as palavras
retornam exaustas
para as areias
para o sol fervilhante
e entram
   nas bOcas
       deslOcadas
   nas bOcas
       descOladas
dos ambulantes
dos meninos
e meninas
de rua
das putas
das poetas
do guardador de carros
de toda a gente
de toda a gente

    de Copacabana
    de Ipanema
    do Leblon
    da Cinelândia

[tanto faz]

bOcas
Ocas
do vazio
do mundo
: miséria

V

as palavras
saem suicidas
das bocas das mulheres

: aves raras, fazem mil

m
a
l
a
b
a
r
i
s
m
o
s

gostam das bocas
que resistem às intempéries
bocas autênticas que mesclam línguas
que se lambem
para dizer

je t'aime

i love you

yo te amo

eu te amo

VI

as palavras gostam de estar em sintonia

[com a alma]

as palavras gostam de estar em sintonia

[com o corpo]

as palavras perfuram o corpo
entram na corrente sanguínea
liquidificam-se
n
a
u
s
e
a
n
t
e
s
até chegarem ao cérebro
onde são processadas

decantadas
neurotizadas
expurgadas
em forma de

\poesia/

VII

o descompasso
com a alma

afasta a palavra

da ponta
da

l
í
n
g
u
a

que lambe o escuro do mundo

VIII

dizem por aí

: no princípio era o verbo

que habitou entre nós

a primeira palavra então foi o grito

do parto da puta, da preta, da pobre

a primeira palavra é feminina

: dor

IX

mas a palavra não pode ser anterior ao homem
que foi amamentado pela ave
arrancada do corpo
da mãe
: leite

X

nem o homem pode ser anterior à mulher
única forma fluida de chegar
: bolha translúcida
          da memória ancestral

: líquida
: quente
: suave

XI

tudo

está gestado

no silêncio sendo

útero mundo

do

XII

gestação de risco

a

c a

o l

s e

t

da mulher não é de Adão

é dela

o resto é conto

da carochinha

XIII

nunca abandonei o poema
mas um dia ele me levou para as montanhas
e me empurrou do

a
b
i iiiiiiiiiiiiiiiiiiiiiiiiiiiiiiiiiiiiiiiiiiiiiiiiiiiiiiiiiiiiiiiiii
s
m
o

só porque eu queria conhecer a mulher de dedos longos
que tocava lira

mergulhei no escuro do mundo para ver o que havia
            conheci Érato
e retornei
com a ave rara dentro da boca
de lá pra cá
nunca
        mais
                parei
                          nunca

mais
parei
nunca
mais
parei

[maldição de Adão]

XIV

confesso
: sempre tive um caso de amor
com as palavras

a predileta é
liberdade

mas adoro

: delicadeza-inefável-oceano-azul-leveza-cristal-flor-chuva-
pingos-janelas-olhos-maçã-poema-ave-vento-folha-herança-
caos-mundo-fuga-medo-coragem-afeto-vida-
diáfana-impermeável-pele-morte-alma-transparência-leveza-
gris-nuvem-sol-
águia-voo-viagem-miragem-lugares-espaços-afetos-mapas-
cartografias-
geografias-chave-fresta-segredo-grito-luta-resistência-menina-
boca-céu-cravejado-desejo-ondas-rés-temporal-borboleta-
estilhaços
cometa-estrela-lua-mato-mar-bar-esquinas-luta-resistência-
militância-batom-rímel-sangue-corpo-cicatriz-perfume-
translúcido-

atlântico-pacífico-cigana-espelho-denúncia-desobediência-
deus-felicidade-ninho-passarinho-gato-cão-verde-abismo-
areia-esperança-útero-escuro-náusea-ossos-veias-artérias-
palavra-pedra-água-paz-sol-
poesia

XV

\poetisa/
: não gosto

arrumo as palavras de que gosto
e tento dar-lhes algum amor
sentido não
                    que não quero

quero é esperança
num mundo em que haja abraço
abraço, gosto

                    gosto de abraçar

                        : *palabras*
                        : *mots*
                        : *words*
                        : *palavras*

XVI

tento dar ordem ao

C

A

O

S

como deus deu ordem

a

Eva

mas, como Eva,

eu também

desobedeço…

XVII

só porque Eva deu a maçã
para Adão
o mundo parou para assistir
ao primeiro filme pornô
da genealogia do cinema
: *pelados no paraíso*
em cartaz no Cine Odeon
no Rio de Janeiro

XVIII

eu sempre
acreditei na felicidade
mas em Adão e Eva...
[putzzzzz...]

esse é o primeiro divórcio do mundo
: miragem no deserto
e a culpa é sempre da mulher

vingança
porque ela carrega no céu da boca
estrelado de desejos
a palavra amor
e na ponta da língua
a palavra flor

ps
: esqueci que não rimo
amor com flor
rimo amor com dor
[perdão]

XIX

a palavra era o verbo e se fez *homem*
e habitou entre nós

as mulheres não falavam
porque não existiam

não vingavam no útero do mundo

morriam antes, com a ave na boca
pronta para sair

para voar

[milhares de voos interrompidos]

XX

as mulheres sempre morriam antes
do antes
                do mundo

hoje morrem mais
: assassinadas
pelos homens de *má vontade*

assim uma nova palavra precisou ser criada
porque não havia na arqueologia das palavras
nenhuma que desse conta de tanta barbárie

: *feminicídio*

mas eles não se cansam de nos matar
: seiscentos e quarenta e oito mulheres
foram mortas no Brasil
nos seis primeiros meses
do ano de dois mil e vinte

só porque são
mulheres
só porque são

\somos/

XXI

até que uma ave vingou
escorreu pelo buraco do útero
e começou a falar muitas palavras mais
que o homem

o tiro saiu pela culatra

da arma de deus

depois as aves se multiplicaram
como peixes

no aquário do mundo

e começaram a quebrar o vidro
a quebrar as regras
a quebrar os ossos pré-históricos
das costelas de Adão
e saíram flutuando
olhando o mundo com espanto
e com determinação

XXII

há mulheres aves-raras
que para suportarem as dores do mundo
[do eu]
apontam
a boca do forno

a queda livre

o mergulho
no abismo
no mar
no rio

ou o revólver na cabeça para amortecer o peso
de tantas aves agourentas
no pensamento

[solidão]

XXIII

Ana Cristina César não aguentou e pulou do oitavo andar
Alfonsina Storni entrou no mar — *Voy a dormir*
Anne Sexton inalou monóxido de carbono
Florbela Espanca se entupiu de barbitúricos
Silvia Plath pôs a cabeça no forno com o gás ligado
e quarenta e seis anos depois seu filho se cansou
do escuro
Violeta Parra foi vítima de um tiro certeiro
depois de dar ao mundo *gracias a la vida*
imortalizada na voz de Mercedes Sosa
que nos deu a luta pela América Latina
Virginia Woolf e seu casaco de bolsos de pedras
foi direto para o rio *Ouse*
[um rio inglês]
onde ela *ousou*
[rio conjugado]
acabar com a palavra incômoda
e mergulhou

[aves raras saem sem cessar da boca do mundo]

                [mas também entram]

XXIV

tantas camadas sob a pele
muitas peles sobre o corpo
sobre a língua

a língua dentro da boca

e
s
c
o
r
r
e
n
d
o

palavras

a boca dentro da vida
a vida dentro do corpo
o corpo dentro da casa
a casa dentro do mundo

o mundo dentro da boca
das mulheres
: aves raras

XXV

o verbo se fez homem e fecundou a mulher
a vingança foi vomitar palavras
sobre seu corpo esculpido de ausências
e silêncios
então a ave feita do verbo
habitou para sempre
a boca
o corpo
a alma
da mulher

[nunca mais a abandonou]

XXVI

a palavra
é a pele inefável das coisas
a forma como me relaciono com Deus

é o avesso do mundo
e o direito ao mundo das coisas

a palavra é amplidão
mas, também, confinamento

XXVII

a palavra
    te prende à terra e
calcifica teus pés descalços no barro

a palavra
    é a flor do lácio, pedra
        polida
pelas águas que desabam em

c
 a
s
 c
a
 t
a
 s

do pensamento ao papel
borrando-o
riscando-o
numa enxurrada
capaz de inundar o mundo

XXVIII

a palavra
te afoga e te deixa no escuro
em apneia
e depois te faz respiração boca a boca
e sai líquida, fluida, pingando gotas
translúcidas
brilhantes
cristalinas
escorregadias
com uma camada de perfume de lavanda
não sem antes te matar de tédio
te deixar com sede
: delirante no deserto
não sem antes te consumir
o corpo e o pensamento
com o fogo fátuo do vício da procura
da escritura
...
a palavra é
teu encontro e tua perdição
sentença de morte e de ressurreição

XXIX

escavas o pensamento sem cessar à procura
das ossaturas
que moram embaixo da gordura

[que deves cortar
de tua escrita]

: dieta intermitente para deixar à mostra
todo o peso do mundo
endurecido pelo mal-estar ancestral
da civilização

XXX

a palavra sempre foi a doença
e a salvação
o resto é mito, imaginação
a palavra revolve o pensamento
contorce a boca
a língua
estica os braços
pesa nos dedos
dedos enroscados na caneta
palavras agarradas nos dedos
dedos nervosos sobre o teclado
é preciso se livrar delas
pernas enraizadas pelos pés
imóveis
fincados no piso de madeira do quarto todo meu
[que Virginia Woolf me deu]
as palavras, a insônia
a dor indizível
não digo
: escrevo sem cessar
[libertação]

XXXI

hoje é dia dois de janeiro de dois mil e vinte um
tu começaste a escrever este livro em dezembro
do pior ano da história
não te recordas o dia
tua mãe sempre diz que tu és desorganizada
um caos com tuas anotações
com tuas palavras e dores
talvez seja para esquecê-las
para colocá-las no fundo de um baú no porão escuro ou
na caixa de pandora para soltá-las sem dó por aí
: vingança
tua mãe é sempre tua leitora, a primeira
ela sempre te dá as chaves essenciais da vida
: uma alegria incrível
: um amor intraduzível
no dia em que ela partir, tu terás medo de sucumbir à solidão
da escrita
terás medo
porque a esperança dela te alimenta, é teu pão
sei que tu começaste a pensar na ave desde muito pequena
quando o teu avô materno, poeta amoroso, te apresentou
ao grande mundo das palavras
aí tu começaste a voar

de lá para cá tu não mais paraste
de tentar organizá-las no papel
de dar-lhes alguma morada fora de ti
esta é tua grande chance...

XXXII

a palavra do ano dois mil e vinte é
            saudade
        mas para ti [e para mim],
abraço
então abraça tua saudade e segue
pensando nas pessoas
                        que não vais mais abraçar
porque foram assassinadas pelo descaso
                        do desgoverno desgraçado

                    : desalma

[feridas para sempre abertas nos valões
encharcados da terra vermelha da memória]

XXXIII

os espaços do corpo de uma poeta
são repletos de asas que ruflam inefáveis
vagando ao vento da vida vadia

: volúpias
: vagidos
: vômitos
: vórtices violados
: visão vulcanizada
: vazios

XXXIV

a poesia
é a pássara no ninho da memória
chocando as palavras consumidas
pela chama da imaginação
revelações no cume do abismo
descida em queda livre
mergulho no oceano-azul
nas ondas que quebram os dentes
e enchem de areia debaixo das unhas
que crescem cem cessar
: ossaturas pré-históricas cravadas
no terreno baldio
do pensamento do mundo

XXXV

o poema
é a pedra de Sísifo
empurrada montanha acima
ofegante
escorregando de volta
para o pensamento exausto
até que
em queda livre
estilhaça em mil palavras
preenchendo o branco do papel
chuva de meteoros
ou toneladas de cometas

NA PELE DA PALAVRA
: A AVE

[daquilo que as aves me sussurraram nos ouvidos,
vingaram algumas palavras
que voaram vagarosamente
e pousaram aqui]

XXXVI

o poema queima a língua
entorta os dedos
resvala nas paredes da memória
e vai quicando como bola
batendo em todas as artérias
até encontrar alguma saída
não sem antes corroer os pés
e causar instabilidade
ou lamber o céu da boca
numa onda gigante que salga tudo
não sem antes causar a tormenta
que molha a menina do olho
cristalizado de sais
que ensopa o corpo carcomido de vícios
não sem antes causar a morte
ou deixar em estado vegetativo o ser

[o poema sempre ressuscita seus mortos]

amor

nunca gostei de poemas de amor
mas do amor que estica as horas
embaixo da pele úmida após o banho

dos fios soltos dos cabelos de Zeus
no branco do travesseiro
e da paisagem que se desmancha macia
após a tempestade que escorre pelos vidros
suados da janela

nunca gostei de poemas de amor
prefiro os dentes cravados na carne viva
na carne viva da memória
sujando de vermelho os lençóis invisíveis
da imaginação

nunca gostei de poemas de amor

bacante

Ariadne carrega a taça de Dionísio depois do abandono
de Teseu
porque ela também tem direito ao mesmo vinho
que Baco bebeu
e aos desejos
todos seus

cansada de esticar os fios pelos labirintos
para salvar seu homem
ela segue com os pés ébrios
dissolvidos pelas areias da Ilha de Naxos
e as mãos estendidas para o infinito brilhante
estilhaçado

pela constelação de Hércules
e da serpente

cronópias

derramam palavras no papel como quem pinta
um quadro surrealista
borrando de cores a vida medíocre
do homem-máquina-cartão-de-ponto

os cronópios de Cortázar
vagam entre a 9 de Julio
e a *Champs-Élysées*
em busca de
alguma sobrevivência

cronópias somos nós
as poetas marginais
: *gauches*

deusa

mulher que está no céu das esperanças
protegendo sua prole dos males
do mundo

rainha do universo
grávida de desejos de mudança
e dez mil pitadas de fé
nas pontas dos dedos calejados
pelas contas do rosário

mãe das crianças assassinadas
pelas balas da polícia carioca
pelas balas da milícia carioca
pelas balas no sinal

flor de maio colorindo julho

sol que aquece o frio embaixo do viaduto
da cidade submersa na desigualdade social

estrangeira

olhava a paisagem da janela do trem bala
a uma velocidade de duzentos e vinte quilômetros
por hora

pensava nas ausências nas distâncias

no amor que ficara do outro lado da fronteira
do outro lado do arame farpado
que perfura seus pensamentos
sua fé

o amor falado em outra língua
o amor em árabe do outro lado
da fronteira
da cidade devastada que habita seu corpo

a cidade a fronteira a violência a explosão
e o trem a duzentos e vinte quilômetros
por hora

atravessam sua pele seus ossos seus olhos seu coração
a duzentos e vinte quilômetros
por hora

flor

sempre penso nas anêmonas
: flores da solidão e do abandono

coleciono anêmonas
e poemas submersos sob a pele
mergulhados dentro dos meus olhos
no fundo da minha boca
onde pequenos orifícios se enchem
de fragmentos de vida sugando meu corpo
: anêmonas-do-mar

coloridas, elas
flutuam inefáveis vagando suavemente
sobre meus pensamentos
até pousarem silenciosas no papel

sou filha de Ánemos
o deus dos ventos

gaia

toda mulher tem um universo escavado no seu corpo
inundado do sangue que corre por debaixo da sua pele
          carcomida pelos dias
: rio onde flutuam barcos lotados de desejos

toda mulher tem uma ossatura ancestral
            e garras que revolvem a terra
em busca de vestígios de antigas civilizações

toda mulher gera outra mulher no útero do mundo
            : matrioskas, tecem seus anelos
com os fios de Ariadne, até que viram teias

herida

hay una herida que no se puede cicatrizar
há uma ferida aberta debaixo do meu vestido
de flores de seda
hay una herida
y pequeñas esperanzas
na cicatriz que lateja bem abaixo do meu umbigo
: entre as minhas pernas

imagem

entre o olhar e o pensamento
uma paisagem mora dentro do meu corpo
suturado pelas agulhas do tempo

: metafísica capturada pelo instante
entre o que eu sou

                    e o que eu era

jaspe

meu coração é uma pedra de jaspe

: quebra o feitiço
: afasta a depressão
: estanca o sangramento
: prolonga o prazer
: diminui a náusea
: controla a ansiedade
: estimula a meditação
: liberta a voz da mulher

meu coração é paciente e pesado
: pedra vermelha
[de sísifo]

lídia

acordei pensando em como teria sido minha infância
sem a Lídia
minha melhor amiga
que está tão longe agora

acordei pensando em como eu seria solitária
se não tivéssemos feito um buraco escondido
na cerca
por onde passávamos todos os dias
para brincar
e nossos pais fingiam que não sabiam
sabiam?

há tantas cercas na memória
mas minha imaginação é esse buraco que fizemos
por onde continuam a passar ideias
de liberdade

acordei pensando na Lídia e nas passagens secretas
do pensamento

descobri que desde a infância
ultrapassei fronteiras

e rompi todas as cercas de arame farpado

maternidade

gestei muitas palavras
que arredondaram minha visão
ao longo dos anos

hoje
depois de meio século
habitando este planeta azul
consigo parir sem analgesia
algumas delas

nariz

marca indelével do meu corpo
: herança

quando menina, achava lindo o nariz da boneca magrinha
que se exibia com seus vestidos de cetim
olhinhos verdes brilhantes, boquinha vermelha
de coração
corpinho de moça, cintura fina
e bumbum empinado

enquanto eu
andava pra lá e pra cá
com aquele nariz do meu pai colado na cara
revirando os olhos grandes e pretos para olhar no espelho
minha ancestralidade

pensava em como faria para ter o narizinho
da boneca de olhos brilhantes
e boquinha de coração

numa noite, enquanto meu pai dizia que nosso nariz
era nossa marca, uma bomba explodia
[no Oriente Médio]

bem no meio da minha cara
e me estilhaçava inteira

meu nariz, no entanto, permaneceria intacto

oriente

uma mulher
milhares de mulheres caminham
sem cessar
sem olhar para o passado
para a casa que ficou repleta de histórias
felizes ou infelizes
como saber?
as fotografias nas paredes brancas
as cortinas
tantas nebulosas as escondem do mundo
dos homens
das outras mulheres
das oportunidades
da vida
uma mulher afegã carrega estigmas
e tormentas sob as vestes
: cicatrizes tatuadas no avesso de seu corpo
submerso de tristeza e dor
sobre a pele, marcas
: vestígios de desejos apagados
uma mulher afegã carrega milhares de mulheres na ponta
da língua, nos dedos das mãos, na sola dos pés
: ancestralidade

na superfície da pele, a memória e
a mala repleta de algumas esperanças e
véus, burcas e lembranças da vida anterior
ao talibã, ao *Khorasan* [coração?]
    e os filhos?
os filhos se escondem sob sua proteção
mas precisam ir para mãos desconhecidas de homens sem rosto
travestidos de soldados de outras línguas
: tentativa de lhes salvar a vida
ou de lhes condenar prematuramente à morte
    [não há como saber]
uma mãe sempre salva sua cria e acalenta sua dor
    milhares de mães afegãs
erguem seus bebês para o mundo ocidental
e os burocratas insensíveis com seus gananciosos ternos
fecham os olhos para não ver e continuam
continuam se refestelando e arrotando dizeres vazios sobre um Oriente
que eles teimam em não querer conhecer de perto
    os olhos das mulheres afegãs carregam gritos silenciados e
incontáveis pedidos de socorro
    uma mulher
milhares de mulheres afegãs
emudecidas, apagadas por fuzis de homens abjetos
que as estupram cotidianamente
: bonecas para o seu prazer estéril
carcomido de maldade e ódio
    uma menina afegã carrega o medo e
a coragem e a vontade de construir uma nova história

de superação
uma menina afegã um dia vai poder tudo
e vai libertar todas as outras ancestrais do cárcere privado
das maldades dos homens de fuzis e
quando esse dia chegar
haverá abraços e sorrisos e cores e muito sol refletindo
a menina dos seus olhos rasos d'água
de emoção
e seus cabelos negros
e seus rostos castigados pelo sol do deserto
e suas peles marcadas pelo cansaço e pela miséria
ganharão viço e esperança
        quando esse dia chegar
haverá festa e
nascerá livre a primeira Rosa do Oriente.

poesia

desde pequena vejo poesia em tudo que olho
porque aprendi a olhar com o pasmo essencial
da criança de Caeiro
enquanto aprendia a caminhar

se eu tivesse uma filha ela se chamaria Poesia
porque seria plena de ar, matéria essencial
para o mundo

se eu tivesse uma filha

ela se chamaria Poesia
porque assim ela sempre estaria

se eu tivesse uma filha…

queloide

cicatriz que não quer ficar camuflada
sob a pele esturricada
do sol escaldante do meio-dia

raiz esculpida pela dor incessante
sobre a superfície
da pele do mundo

corte na carne pelas navalhas
nas mãos espalmadas
do tempo

muitos queloides habitam minha alma

rastro

pegada esculpida na memória ancestral
: herança de uma civilização

[toda manhã busco seus rastros
na minha caleidoscópica vida
que é para ver se faz sentido
ser poeta sem medida]

pegada marítima da colonização
: mancha vermelha escarrada no chão

[toda noite apago os rastros
nos meus lençóis amassados
que é para ver se arranco o medo
de ter que guardar seu segredo]

pegada borrada no papel
: reflexo infinito do céu

símbolo

significante da realidade concreta que se desmancha
na abstração da poesia
: flor, dor, pelos, bocas, dentes, ossos, unhas, pele, ou
a menina dos olhos de ressaca debruçados sobre a janela
imaginária, aberta para o oceano-azul-das-palavras

o símbolo
logo será encarcerado na jaula
do pensamento e ele pegará a pena máxima

            : traficante de signos
: ladrão de grafemas
            : usurpador da semântica
: dono dos poemas

tatuagem

desenho meu corpo como quem escreve um poemário
: toda palavra é signo

: todo desenho é palavra

no corpo-oco do mundo
nas bocas-secas das gentes
na pele-escamada do mar

desenho meu corpo como quem canta uma ave-maria
às seis da tarde
: toda palavra é libertação

: toda libertação é desejo

no corpo-ferido do mundo
nas bocas-famintas das gentes
na pele-esturricada do sol

desenho meu corpo como quem retalha o peixe na semana santa
: todo corte é memória

: toda memória é criação

no corpo-ocioso do mundo
nas bocas-banguelas das gentes
na pele-esquartejada do amor

utopia

toda palavra
queima
as retinas
rasga
a pele
quebra
os dentes
lasca
as unhas
fura
os olhos
faz cair
os pelos
corta
a carne

não há utopia nas palavras

veias

nas minhas veias voláteis flutuam muitas vozes
[pretas vermelhas brancas amarelas]
que ressoam no oco
o barulho infinito do mundo
: algazarra

nas minhas veias voláteis deslizam ideias
[pretas vermelhas brancas amarelas]
que quebram as fronteiras, os dentes
e prosseguem caminhantes
: esperança

nas minhas veias voláteis submergem culturas
[pretas vermelhas brancas amarelas]
que me queimam inteira
e me apontam a direção
: desejo

xale

a mulher de dedos longos
me faz subir as montanhas ao entardecer dos abismos
à procura dos sóis que iluminam
o pensamento

ela sempre me coloca debaixo de seu xale
para me aquecer assim que o sol se põe
depois ela cozinha e faz chás e me sorri
dizendo que é hora de eu voltar

cada vez que subo, ela me dá um pedaço do seu manto
bordado de ideias e de pequenas alegrias quotidianas
que é para eu enfrentar o homem que vive aqui embaixo
que é para eu enfrentar o mundo e sua ira
que é para eu enfrentar

toda vez que tenho medo, olho para a montanha
para ver se vejo a mulher de dedos longos com seu xale
repleto de esperanças e de fé
sei que vai chegar o dia em que não me deixará mais voltar

zênite

todos nós temos um ponto sobre nossa cabeça
onde o sol entra, aquece o corpo e
faz brilhar as ideias
: diamantes que cortam as horas tristes e
derramam esperanças sobre os sonhos

quando o sol se põe, olho para as montanhas
para encontrar Zênite vagando por lá
iluminando os cumes e as almas

ele sempre me sinaliza com seu brilho
espelho voltado para o sol
piscando sem parar
dizendo que posso contar com ele
para o que precisar

no dia seguinte ao meio-dia
ele traça um paralelo
entre os trópicos de câncer
e de capricórnio
e aparece lá em cima querendo conversar

[aves raras]

essa arqueologia veio nascendo dentro de mim
como nascem as flores pantanosas
:
pela insistência de pensar a palavra poética
pela necessidade da água
pelo sopro do vento ruidoso nos ouvidos
do corpo-mundo
:
pele veias unhas ossos dentes olhos bocas
assim brotaram os trinta e tantos cânticos iniciais
nessa terra encharcada, enlameada
do escuro do mundo
depois criaram asas, viraram aves e
bicaram o pensamento até saírem quentes
pelos meus olhos e ouvidos e mãos
e pousarem lentamente aqui
na superfície da pele seca
:
vinte três grafemas
vinte três palavras
vinte três poemas
que completam todos os cantos pios chamados
das aves agourentas

das aves inefáveis
das aves raras
que ruflam suas asas insistentes
no pensamento
:
ninho repleto
de significados

[agradecimentos]

A Susana Fuentes, pelas primeiras leituras desse livro, sempre com muita delicadeza, amizade e carinho, incentivando sua publicação.

A Mariana Ianelli, pelas leituras e pelo carinho com esse "poema-ensaio".

A Danielle Magalhães, por voar comigo nessa leitura generosa e afetuosa, pelo prefácio lindo, pelo carinho e amizade.

A Marta Ariel Chaves, amiga de todas as horas, leitora de todos os meus livros, pela orelha generosa, pelo abraço e cuidado.

Aos editores da Urutau, por mais essa parceria.

Às leitoras e leitores, por divulgarem meus trabalhos.

■ primeira edição
■ setembro de 2023